Where's Toto?
¿Dónde está Toto?

Elizabeth Laird

Pictures by Leighton Noyes
Spanish by Rosa María Martín

BARRON'S

Susi tiene un perrito. Se llama Toto.

Susi quiere mucho a Toto. Va a todas partes con él.

Hoy Susi está con su hermano Simón
y su prima Julia.

Simón y Julia van al circo.

Susi quiere ir con ellos.

"¿Y Toto?" pregunta Julia.

"Puedo esconderlo en mi chaqueta," dice Susi.

"Siempre se duerme ahí."

2

Susie has a puppy. His name is Toto.
Susie loves Toto. She goes everywhere with him.
Today Susie is with her brother Simon
and her cousin Julie.
Simon and Julie are going to the circus.
Susie wants to go with them.
"What about Toto?" asks Julie.
"I can hide him in my jacket," says Susie.
"He always goes to sleep there."

Susi esconde a Toto en su chaqueta roja.

"¿Ves? Ya está cansado", dice Susi.

"Espero que sí", dice Simón.

"Bueno, es tu perrito. Tienes que cuidarlo."

Julia va a la ventanilla. "Tres entradas, por favor."

"Toma", dice la señora. "¡Pásenlo bien!"

"Duérmete, Toto", dice Susi en voz baja.

"No hagas ruido."

Tienes que cuidarlo. You must look after him.

Susie hides Toto in her red jacket.

"See, he's already tired," says Susie.

"I hope so," says Simon.

"Anyway, he's your puppy. You must look after him."

Julie goes to the ticket window. "Three tickets, please."

"Here you are," says the lady. "Have a good time."

"Go to sleep, Toto," says Susie quietly.

"Don't make a noise."

Tres entradas, por favor. Three tickets, please.

El circo está muy lleno.

"Aquí hay asientos", grita Julia. "¡Apúrense!"

Por fin, los niños encuentran tres asientos.

Toto está callado. Está tranquilo y caliente
dentro de la chaqueta de Susi.

Las luces se apagan y empieza la música.

El presentador entra en la pista.

"¡Hola! Bienvenidos", dice.

"Hoy tenemos un fantástico espectáculo para ustedes…"

The circus is very full.

"There are seats here," shouts Julie. "Hurry up!"

At last the children find three seats.

Toto is quiet. He's safe and warm
inside Susie's jacket.

The lights go down and the music starts.

The ringmaster walks into the ring.

"Hello and welcome," he says.

"We have a fantastic show for you today..."

El circo es emocionante.
Todos miran a la trapecista.
"¡Ah! ¡Ooh!" gritan. "¡No te caigas!"
Los tambores suenan, y Toto se despierta.
¡Hace mucho calor! Se mueve y se queja.
"¡Schss!" dice Susi. "Quieto, Toto."
¡Pero Toto salta y se escapa!
Susi corre tras él.

The circus is exciting.
Everyone is watching the girl on the trapeze.
"Ah! Ooh!" they shout. "Don't fall!"
There is a drumroll, and Toto wakes up.
It's too hot! He wriggles and whines.
"Sh!" says Susie. "Keep still, Toto."
But Toto jumps out and runs away!
Susie runs after him.

Susi llega al telón del escenario.

"¡Para!" dice el presentador. "¡No puedes entrar ahí!"

Pero Susi no para.

Sigue a Toto a través del telón.

Los tambores suenan otra vez. Arriba,
muy alto, la trapecista vuela por el aire.

Su compañero la agarra.

"¡Fantástico!" dice Simón a Julia mientras miran.

Susie reaches the stage curtain.

"Stop!" says the ringmaster. "You can't go in there!"

But Susie doesn't stop.

She follows Toto through the curtain.

There is another drumroll. High above the ring,

the girl on the trapeze flies through the air.

Her partner catches her.

"Fantastic!" says Simon to Julie as they watch.

Fuera de la carpa, Susi grita, "¡Toto!
¿Dónde estás?"
Los payasos practican su truco del agua.
"¡Ja, ja!" dice el payaso alto. "¡Mira, una niña!
Quizás necesita una ducha."
"¡No!" dice Susi. "Por favor, busco a mi perrito."
"¡Guau! ¡Guau!" grita el payaso gordo.
Es muy gracioso, pero Susi no se ríe.

Outside the circus tent, Susie shouts, "Toto!
Where are you?"
The clowns are practicing their water trick.
"Ha, ha!" says the tall clown. "Here comes a girl!
Perhaps she needs a shower."
"No!" says Susie. "Please, I'm looking for my puppy."
"Woof! Woof!" shouts the fat clown.
He is very funny, but Susie doesn't laugh.

Los payasos corren a la pista. Julia se vuelve.

Ve el asiento vacío de Susi.

"¡Susi no está!" susurra.

"No te preocupes", dice Simón.

"Te apuesto que ha ido a pasear afuera con Toto."

"¿Por qué no vas a buscarla?" pide Julia.

"Oh, bueno", dice Simón y se levanta.

"¡Ah, estupendo!" dice uno de los payasos.

"Necesitamos un ayudante. Ven conmigo."

14

The clowns run into the ring. Julie turns around.

She sees Susie's empty seat.

"Susie isn't here!" she whispers.

"Don't worry," says Simon.

"I bet she's just taking Toto for a walk outside."

"Why don't you go and look for her?" asks Julie.

"Oh, all right," says Simon and he stands up.

"Ah, wonderful!" says one of the clowns.

"We need a helper. Come with me."

Afuera, Susi busca a Toto por todas partes.

Mira detrás de unos trajes de circo.

Mira debajo del carrusel.

Y también mira dentro de un remolque.

Por fin, ve a Toto.

Pero también ve algo más.

Un perro grande y negro que corre detrás del perrito.

Tiene unos dientes enormes y una lengua larga y roja.

"¡Oh no!" dice, "¡Tengo que salvar a Toto!"

Outside, Susie is looking for Toto everywhere.
She looks behind some circus costumes.
She looks under the carousel.
She even looks in a trailer.
At last, she sees Toto.
But she sees something else, too.
A big, black dog is running after the little puppy.
It has huge teeth and a long, red tongue.
"Oh no!" she says, "I must save Toto!"

Susi alcanza a Toto justo delante del enorme perro.

Lo agarra y lo levanta.

El perro grande salta.

"¡Vete!" grita Susi.

Una mujer con un traje de circo la ve.

"¡Rex! ¡Sé bueno! ¡Aquí, Rex!" grita.

El perro grande gruñe y se aleja despacio.

¡Pero Toto salta de los brazos de Susi otra vez!

Susie reaches Toto just in front of the big dog.

She picks him up and holds him high.

The big dog jumps up.

"Go away!" shouts Susie.

A woman in a circus costume sees her.

"Rex! Good dog! Here, Rex!" she shouts.

The big dog growls, then it goes away slowly.

But Toto jumps out of Susie's arms again!

Toto corre y salta dentro de algo.

Susi mira dentro de un agujero grande y negro.

Puede oír a Toto, pero no puede verlo.

"Espera", dice Susi. "Voy a sacarte."

Se mete en el agujero. Está muy oscuro.

Afuera, el perro grande ladra aún.

Un hombre fuerte con un bigote grita:

"Martina, prepárate. ¡Tú eres la próxima!"

Toto runs and jumps inside something.
Susie peers into a big, black hole.
She can hear Toto, but she can't see him.
"OK," says Susie. "I'm coming to get you."
She climbs into the hole. It's very dark.
Outside, the big dog is still barking.
A strong man with a moustache shouts,
"Martine, get ready. You're up next!"

Susi agarra fuerte a Toto.

"Aquí estamos a salvo", le dice.

De repente su escondite empieza a moverse.

Susi quiere mirar fuera, pero tiene mucho miedo.

Oye gritos.

La gente aplaude y grita.

"¿Dónde estamos?" susurra a Toto.

"Oh, Toto, ¿qué pasa?"

Susie holds Toto tight.

"We're safe here," she tells him.

Suddenly, their hiding place begins to move.

Susie wants to look outside, but she's too scared.

She hears shouts.

People are clapping and cheering.

"Where are we?" she whispers to Toto.

"Oh, Toto, what's happening?"

Dentro de la carpa, Simón susurra a Julia:

"Susi no está fuera. No la encuentro."

Julia está preocupada. "¿Qué vamos a hacer?"

"Y ahora, señoras y señores", dice el presentador,

"¡Van a ver a la maravillosa, bella y valiente Martina!
¡La famosa bala de cañón humana!"

Los tambores suenan otra vez y toca la trompeta.

Martina entra corriendo en la carpa. "¡Paren! ¡Esperen!"

Es demasiado tarde.

Inside the circus tent, Simon whispers to Julie,
"Susie isn't outside. I can't find her."
Julie is worried. "What are we going to do?"
"And now, ladies and gentlemen," says the ringmaster,
"You are going to see wonderful, beautiful, brave Martine!
The famous human cannonball!"
There is another drumroll, and the trumpet plays.
Martine runs into the Big Top. "Stop! Wait!"
It's too late.

¡*Pum!* suena el cañón.

¡*Zuum!* Una niña y un perro salen disparados del cañón y vuelan por el aire.

Simón grita: "¡Es Susi! ¡Susi y Toto!"

El hombre fuerte los recibe a los dos en sus brazos.

"¿Quiénes son ustedes?" dice. Está muy sorprendido.

La gente en la carpa ríe y aplaude.

"¡Una niña y un perrito!" dicen. "¡Fantástico!"

Boom! roars the cannon.

Whoosh! A girl and a dog shoot out of the cannon
and fly through the air.

Simon shouts, "It's Susie! Susie and Toto!"

The strong man catches them both in his arms.

"Who are you?" he says. He is very surprised.

The people in the circus tent laugh and clap.

"A girl and a puppy!" they say. "Fantastic!"

El hombre fuerte lleva en brazos a Susi y a Toto.

Los deja frente al presentador.

"¿Qué pasa aquí?" pregunta el presentador.

Está enfadado, pero entonces escucha...

La gente aún está riendo y aplaudiendo.

"¡Les gustas!" dice.

Y entonces sonríe. Mira a Toto.

"Martina puede cuidarlo.

¡Ve a ver el espectáculo!"

The strong man carries Susie and Toto in his arms.

He puts them down in front of the ringmaster.

"What's happening here?" asks the ringmaster.

He looks angry, but then he listens...

The people are still laughing and clapping.

"They like you!" he says.

And then he smiles. He looks at Toto.

"Martine can look after him.

Go and watch the show!"

"¿Así que quieres ser una estrella del circo?" dice Martina.

"¡No, no!" dice Susi."Todo es un error. Lo siento mucho.

"No importa", dice Martina. "Está bien tener un descanso.
Todos los días—*pum, pum*. Me canso."

"Todo es culpa de Toto", dice Julia. "Si ve un perro grande
empieza a correr. Les tiene miedo."

"¿Miedo de Rex?" dice Martina. "¿Estás segura? ¡Mira!"
Los niños miran a los perros y todos ríen.

"So you want to be a circus star?" says Martine.

"No, no!" says Susie. "It's all a mistake. I'm really sorry."

"I don't mind," says Martine. "It's nice to have a rest.
Every day—*boom, boom*. I get tired of it."

"It's all Toto's fault," says Julie. "If he sees a big dog,
he starts running. He's scared of them."

"Scared of Rex?" says Martine. "Are you sure? Look!"
The children look at the dogs and they all laugh.

Quiz

You will need some paper and a pencil.

1 These words are jumbled up. The first letter is underlined.
Write them correctly and draw a picture for each word.

   y<u>a</u>posa   co<u>c</u>ri   t<u>e</u>ndara que<u>r</u>emol

2 Find two Spanish words (object + color) for these pictures.
Write them down.

3 Who says these words?

   1 "¡No puedes entrar ahí!"
   2 "Busco a mi perrito."
   4 "¿Por qué no vas a buscarla?"
   3 "¡Controla a ese perro!"

4 Match the beginnings and endings. Then write the sentences.

   1 Susi busca a Toto   a Susi y a Toto.
   2 Los payasos practican   debajo del carrusel.
   3 Toto se esconde   su truco del agua.
   4 El hombre fuerte recibe   en el cañón.

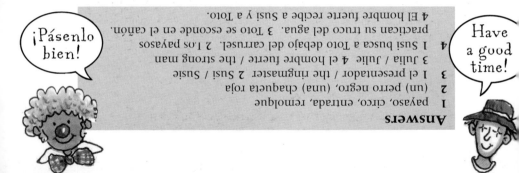

¡Pásenlo bien!

Have a good time!